AF463167

27 NOV. 1866

V

COLLECTION DE M. M ***

NOTICE
D'OBJETS D'ART

ET

DE CURIOSITÉ

ET DE

TABLEAUX ANCIENS

Faïences anciennes Italiennes, Françaises et Hollandaises ; Groupes en Saxe et Porcelaines anciennes de la Chine, du Japon et Françaises ; Verreries anciennes ; Ivoires ; Miniatures ; Objets byzantins ; Bronzes d'art ; Émaux de Limoges ; Objets en filigrane d'argent ; Boîtes et Tabatières ; Antiquités Égyptiennes, Grecques, Romaines et Gauloises ; Armes offensives et défensives, des XVe, XVIe et XVIIe siècles ; Armes Indiennes et Orientales ; Bustes en marbre ; Groupes et Figurines en terre cuite ; Pendules anciennes et Bronzes d'ameublement ; Figurines et Groupes en bois sculpté ; beaux Meubles en bois sculpté Renaissance et autres ; Objets divers ;

DONT LA VENTE AURA LIEU

HOTEL DROUOT, SALLE N° 5

Les Mardi 27, Mercredi 28, Jeudi 29, Vendredi 30 Novembre & Samedi 1er Décembre 1866, à 2 heures très-précises.

Par le ministère de Me **BAUBIGNY,** Commissaire-Priseur, rue de Grammont, 20,

Assisté de **M. FEBVRE,** Expert, rue Laffitte, 12,

CHEZ LESQUELS SE DISTRIBUE LA PRÉSENTE NOTICE.

EXPOSITION PUBLIQUE

Le LUNDI 26 Novembre 1866, de une heure à cinq heures.

PARIS — 1866

Y 14 / 8

Bien 1030 } 3000
2 cornets 1160 }
2 flamb. 810 }

plat creux 810 —
canard 700 —
vase balustre 881 —
vase droit 405 —

RENOU ET MAULDE
IMPRIMEURS DE LA COMPAGNIE DES COMMISSAIRES-PRISEURS
Rue de Rivoli, 144

Collection de M. M***

NOTICE

D'OBJETS D'ART

ET

DE CURIOSITÉ

ET DE

TABLEAUX ANCIENS

Faïences anciennes Italiennes, Françaises et Hollandaises; Groupes en Saxe et Porcelaines anciennes de la Chine, du Japon et Françaises; Verreries anciennes; Ivoires; Miniatures; Objets byzantins; Bronzes d'art; Émaux de Limoges; Objets en filigrane d'argent; Boîtes et Tabatières; Antiquités Égyptiennes, Grecques, Romaines et Gauloises; Armes offensives et défensives, des XVe, XVIe et XVIIe siècles; Armes Indiennes et Orientales; Bustes en marbre; Groupes et Figurines en terre cuite; Pendules anciennes et Bronzes d'ameublement; Figurines et Groupes en bois sculpté; beaux Meubles en bois sculpté Renaissance et autres; Objets divers;

DONT LA VENTE AURA LIEU

HOTEL DROUOT, SALLE N° 5

Les Mardi 27, Mercredi 28, Jeudi 29, Vendredi 30 Novembre
& Samedi 1er Décembre 1866, à 2 heures très-précises.

Par le ministère de Me **BAUBIGNY**, Commissaire-Priseur,
rue de Grammont, 20,
Assisté de **M. FEBVRE**, Expert, rue Laffitte, 12,
CHEZ LESQUELS SE DISTRIBUE LA PRÉSENTE NOTICE.

EXPOSITION PUBLIQUE
Le Lundi 26 Novembre 1866, de une heure à cinq heures.

PARIS — 1866

CONDITIONS DE LA VENTE

Elle sera faite au comptant.

Les Acquéreurs paieront, en sus des adjudications, CINQ pour CENT, applicables aux frais

L'Exposition mettant les Acquéreurs à même de se rendre compte de l'état des Objets, il ne sera reçu aucune réclamation après l'adjudication prononcée.

AVIS

Les objets seront vendus suivant l'ordre du Catalogue.

DÉSIGNATION

Faïences anciennes, italiennes, hollandaises, françaises, etc.

150 Pièces environ de faïence, plats à reflets hispano-arabes, et autres des fabriques de Pesaro et Gubio, etc.

Plats et vases de diverses dimensions, théières de Castelli, vasques et autres objets en faïence de Moustier.

Plusieurs assiettes, bustes et plaques en faïence de Delft, vases et diverses autres pièces en faïence de Haguenau.

Assiettes populaires avec légendes révolutionnaires en faïence française.

Vasque et pièce de surtout en faïence d'Avignon.

Porcelaines anciennes de la Chine et du Japon.

Plats décors émaillés, vases à décors bleus, chimères, magots et figurines.

Potiches, bols, assiettes et plats, plusieurs pièces en céladon.

Porcelaines de Saxe et autres.

Douze ou quinze groupes en porcelaine de Saxe, de Vienne, de Frankendal et Chelceas, plusieurs boîtes et tabatières ornées de sujets, figurines. Groupes et bustes en biscuit.

Plusieurs fromagers, tasses, assiettes en sèvres dur.

Soupière avec son plateau, et objets de diverses fabriques.

Verrerie ancienne.

Calice en verre de Bohême, vide-poche, verres à côtes avec fleurs, flambeaux, verres à vin du Rhin et coupes en verre de Venise gravé.

Ivoires des XIVe, XVe, XVIe et XVIIe siècles.

Triptyque, baiser de paix, coffrets, vases, bas-reliefs représentant en majorité des sujets religieux.

Boîtes à poudre, manches à couteaux, bas-reliefs, plaques, râpes à tabac et bustes.

Objets byzantins.

Calice complet, pied de calice avec médaillons émaillés, bâtons de croix processionnelles et plusieurs croix et chasses ornés de cabochons et d'émaux, ostensoirs et encensoirs.

Émaux de Limoges.

Baisers de paix en grisaille et plaques en émail, par Laudin et autres.

Objets en jade.

Quelques plaques et flacons.

Objets en filigrane.

Deux flambeaux-girandoles à trois lumières, boîtes de la Chine, petits reliquaires, etc.

Orfèvrerie.

Cuillère et fourchette Louis XIII, bijoux en straas, collier en argent doré, Louis XIII; horloge à mouvement perpétuel du XVIe siècle, à plusieurs cadrans, ornée d'appliques en argent et diverses matières, avec socle recouvert de plaques d'argent.

Plusieurs bas-reliefs en argent repoussé, bijoux normands, etc., bagues en or et plusieurs boutons argent, provenant de la couverture d'un antiphonaire.

Boites et Tabatières.

Plusieurs tabatières en écaille, ornées de miniatures, portraits et sujets époque Louis XVI.

Tabatières en bronze Tonkin ; autres en ivoires ou en pierres dures.

Miniatures et Objets divers.

Soixante miniatures environ de diverses époques. (Portraits et sujets.)

Montres anciennes, clef de Chambellan.

Clef du cuisinier Vatel, avec son chiffre.

Petit nécessaire en matière dure, doublé d'argent, bustes et bas-reliefs en ivoire, médaillons époque Louis XIII, croix de Jérusalem, colliers en pierre dure, trois vases en bronze du Japon, et plusieurs objets en laque, etc.

Bustes, groupes et figurines; entre autres l'Enfant Jésus couché.

Plats en cuivre repoussé.

Plat en étain, de Briot.

Glaces avec cadres sculptés.

Plusieurs bustes en marbre.

Plusieurs vitraux anciens dont deux d'après Andrea del Sarte.

Et quelques débris provenant de Sébastopol et de Magenta.

Objets étrangers.

Etriers et ceinture mexicains.

Quantité d'armes et d'ustensiles indiens, tels que : flèches, zagaies, poignards, casses-tête, tambours, etc.

Antiquités Égyptiennes, Grecques, Romaines et Gauloises.

Petites divinités en terre émaillée et en bronze, scarabées en pierre dure, etc.

Quantité de petites figurines, fibulles, haches, stylets, aiguilles, clefs, lampes, glaives, fers de lance.

Urne romaine en plomb.

Urne gauloise en terre.

Monnaies et Médailles.

Médailles anciennes en argent et bronze.

Monnaie polonaise en argent.

Armes offensives et défensives.

Epées italiennes, espagnoles, allemandes et françaises des XVIe et XVIIe siècles, hallebardes, pertuisanes, fauchards, épieux, haches et masses d'armes, arbalète avec ses carreaux, boucliers, casques, poignards, miséricordes, fusils de rempart et carabines à rouet, *hallebarde d'apparat Dogale*, boute-feu, cranequin, éperons, mors, étriers, pistolets à rouet, poires à poudre, amorçoirs, cartouchières en cuir, époque Louis XIII, et autres objets.

Sabres orientaux en damas avec garnitures d'argent, poignards avec poignées en ivoire sculpté et en jade, sabres japonais, haches et marteaux d'armes damasquinés et diverses autres pièces, entre autres, trois modèles en fer de canons de marine et de rempart, se chargeant par la culasse.

Objets en fer.

Coffre-fort du xve siècle, heurtoir, flambeaux, lanternes, coffrets, tire-lire, appliques, brazero, torchères et autres objets. Collier de torture.

Divers objets en fer trouvés dans la Seine.

Bois sculptés.

Groupe du xvie siècle, en buis, étui à couverts, râpes à tabac, bâton de maître de chapelle incrusté d'ivoire, petit buste, aiguilles à tricoter, Christ en croix et tabatières.

Autres Objets en bois sculpté.

Groupes, figurines, têtes grotesques, rouet, divinité ndienne, plusieurs saints, appliques, etc.

Meubles des XVe, XVIe et XVIIe siècles.

Grande vitrine du xvie siècle, avec frise dans le style de Jean Goujon, enrichie de riches panneaux sculptés.

Deux grandes vitrines en chêne posées sur des meubles à hauteur d'appui.

Un bahut du XVIe siècle. Travail normand.

Un bahut du XIVe siècle, garni de sa serrure et de sa clef.

Petit support avec panneaux, sculpture ogivale.

Lit à colonnes torses, garni de panneaux sculptés et de ses soieries.

Un grand buffet, forme tombeau, en bois sculpté.

Très-riche coffret de mariage du XVIe siècle, orné de colonnes cannelées et de panneaux très-finement travaillés (*style très-pur*).

Cabinet italien en ébène incrusté d'ivoire.

Consoles à colonnes torses, formant cheminée.

Glace Louis XIII, avec riche encadrement, orné d'appliques en fer découpé.

Plusieurs supports à pieds tors.

Tables à colonnes torses.

Autre cheminée en bois sculpté ornée de mascarons.

Consoles à sphinx.

Plusieurs consoles Louis XV, en bois sculpté et doré.

Tabernacle Louis XIV, en bois sculpté.

Petite glace italienne, avec cadre monumental portant la date de 1531.

Plusieurs fauteuils Louis XIII, garnis de leurs tapisseries.

Chaises Louis XIV, garnies également de leurs tapisseries.

Bronzes d'Ameublement et Pendules anciennes

Candélabres-appliques à tiges de lis.

Flambeaux, lustre hollandais.

Appliques-girandoles garnies de cristal taillé.

Autres girandoles à pieds, garnies également de cristal taillé.

Pendule Louis XVI, en bois sculpté et doré, avec mouvement de Leroy.

Deux horloges à table, époque Louis XIII.

Une pendule dite Religieuse.

Pendule à poids en cuivre.

Pendule style rocaille, avec candélabres en bronze doré.

Tapisseries anciennes.

Plusieurs Tapisseries avec sujets et paysages.

TABLEAUX ANCIENS ET MOD.

BELM, de Strasbourg

1 — Paysage, clair de lune.

2 — Pendant du précédent.

BIBIANO

3 — Ruines d'édifices antiques.

4 — Pendant du précédent.

5 — Ruines d'un palais.

BOISSARD

6 — Cabinet d'antiquaire.

BREUGHEL (École de)

7 — Village hollandais et canal glacé.

CALLOT (Genre de)

8 — Deux petites compositions.

CHEVALIER MALTAIS (le)

9 — Fruits sur une table, Tapis, Chiens et autres Objets.

DAVID (Louis). Signé et daté 1789

10 — La Mort de Priam.

Bronzes d'Ameublement et Pendules anciennes

Candélabres-appliques à tiges de lis.

Flambeaux, lustre hollandais.

Appliques-girandoles garnies de cristal taillé.

Autres girandoles à pieds, garnies également de cristal taillé.

Pendule Louis XVI, en bois sculpté et doré, avec mouvement de Leroy.

Deux horloges à table, époque Louis XIII.

Une pendule dite Religieuse.

Pendule à poids en cuivre.

Pendule style rocaille, avec candélabres en bronze doré.

Tapisseries anciennes.

Plusieurs Tapisseries avec sujets et paysages.

TABLEAUX ANCIENS ET MOD...

BELM, de Strasbourg

1 — Paysage, clair de lune.

2 — Pendant du précédent.

BIBIANO

3 — Ruines d'édifices antiques.

4 — Pendant du précédent.

5 — Ruines d'un palais.

BOISSARD

6 — Cabinet d'antiquaire.

BREUGHEL (École de)

7 — Village hollandais et canal glacé.

CALLOT (Genre de)

8 — Deux petites compositions.

CHEVALIER MALTAIS (le)

9 — Fruits sur une table, Tapis, Chiens et autres Objets.

DAVID (Louis). Signé et daté 1789

10 — La Mort de Priam.

DECOEUR

11 — Jeune Bouquetière.

DETROY (François)

12 — Portrait d'Anne de Pisseleu.

DETROY (Attribué à)

13 — Scène du theâtre de Versailles.

FRAGONARD (Genre de)

14 — Allégorie de l'Hiver.

GÉRICAULT (Théodore)

15 — Tête d'étude faite pour le tableau du Naufrage de la Méduse.

GREUZE (D'après)

19 — Tête de jeune Fille.

GUÉRIN (Pierre)

17 — Samson et Dalila.

GUIGNET

18 — Sac d'une ville.

HUBERT ROBERT

19 — Ruines d'un temple avec figures.

KONING (Salomon de)

20 — Dame hospodar contemplant le portrait de son époux.

LAFAGE

21 — Paysage près Fontainebleau.

LANCRET (D'après)

22 — Deux petites compositions représentant des Baigneuses.

LARGILLIÈRE (Nicolas)

23 — Portrait de Mme de La Rochefoucauld, richement parée.

MANS

24 — Canal glacé avec patineurs.

MIGNARD (École de)

25 — Portrait d'une abbesse.

PATEL (Pierre)

26 — Quatre Gouaches représentant des paysages avec édifices.

PATER (D'après)

27 — Baigneuses.

PANNINI (Ecole de)

28 — Colonnades et Ruines.

RIBÉRA (Attribué à)

29 — Le Christ au roseau.

TÉNIERS père

30 — L'Alchimiste.

TINTORET (École du)

31 — Portrait d'un gentilhomme vénitien.

TITIEN (D'après)

32 — Portrait d'un Gentilhomme.

33 — Saint Eustache visitant l'hôpital des Pestiférés.

TOBAR

34 — Saint Sébastien.

VALIN

35 — Nymphe et Amour.

VÉRONÈSE (D'après PAUL)

36 — L'Évanouissement d'Esther.

VIEN (Attribué à)

37 — Le Sacrifice d'Iphigénie.

VOS (CORNEILLE DE)

38 — Le Sommeil de Diane.

WATTEAU (École de)

39 — L'Ile de Cythère.

WATTEAU (D'après)

40 — Promenade champêtre.

ZURBARAN (D'après)

41 — Moine en prières.

ANCIENNE ECOLE FLAMANDE

42 — La Mort du Christ.

43 — La Résurrection.

ÉCOLE MODERNE

44 — Dernière entrevue de Henri IV et du maréchal de Biron.

INCONNU

45 — Le jeune Botaniste.

ÉCOLE ANGLAISE

46 — Jupiter et Léda.

ÉCOLE DE SIENNE

47 — Buste de saint Jean.

ÉCOLE MODERNE

48 — Scène de la Saint-Barthélemy.

49 — Cadre contenant cinq sujets d'après divers artistes.

50 — Plusieurs dessins par Cordier, représentant des scènes de la vie privée des Chinois.

(Ces dessins ont été faits pour un Album.)

51 — Sous ce numéro, plusieurs Tableaux, Gouaches et dessins ne figurant pas au Catalogue.

Renou et Maulde, Imprimeurs de la Compagnie des Commissaires-Priseurs, rue de Rivoli, 144. 57298

www.ingramcontent.com/pod-product-compliance
Ingram Content Group UK Ltd.
Pitfield, Milton Keynes, MK11 3LW, UK
UKHW020233180726
13838UKWH00005B/2369